Loi 49.956 du 16.07.1949

Dépôt légal : 1er trimestre 1999
ISBN : 2.84113.779.1

Imprimé en Belgique par Casterman

Jeanne Failevic Frédéric Stehr

Flocon

Milan

Flocon fait un gâteau

Flocon, Grobec et Mira jouent dans le jardin.
- J'ai faim, dit Flocon tout à coup.
- Moi aussi, dit Mira.
- D'ailleurs, c'est l'heure du goûter, dit Grobec.

Les trois amis mangent des grosses tartines.
- Et si on faisait un gâteau ? dit Flocon.
- Oh oui ! dit Mira.
- C'est moi le chef pâtissier, dit Flocon.

Grobec met la farine et le chocolat, Mira casse les œufs.
- Avec du miel et du jus d'orange, ça sera meilleur, dit Flocon.

Flocon, Grobec et Mira goûtent la pâte.
- Ça a un drôle de goût, dit Mira.
- C'est pas bon, dit Grobec.

- Que se passe-t-il ici ? demande papa ours en entrant.
- On a fait un gâteau, dit Flocon. Mais nous on n'a plus faim, alors il est pour toi et maman.

Flocon aime la boue

La pluie s'est arrêtée.
– Je peux aller dehors ? demande Flocon.
– Oui, mais pas trop loin, dit papa ours.

Flocon, Grobec et Mira vont jusqu'au petit bois.
- Hum, ça sent bon la terre mouillée, dit Flocon.
- Il y a de la boue partout, je n'aime pas ça, dit Mira.

Flocon prend alors Mira dans ses bras mais, tout à coup, il glisse... et plouf !

Ah, ah ! se moque Grobec.
- Ce n'est pas drôle, dit Mira.
Flocon, lui, se met de la boue partout, et il dit :
- La boue, c'est tout doux.

- J'ai froid, dit Mira, je veux rentrer.
- Moi aussi, j'ai froid, dit Grobec, on s'en va, Flocon ?
Flocon est d'accord. La boue, ça colle partout !

– Qu'est-ce qui vous arrive ? demande maman ours.
Flocon fait « chut ! » à Grobec et Mira, et il dit :
– Rien, on a glissé dans la boue, c'est tout !

Flocon fait de la peinture

– Papa, on peut aller faire de la peinture dehors ?
demande Flocon.
– Bien sûr, les enfants. Mais attention de ne pas en mettre partout.

- Je n'arrive pas à dessiner sur l'herbe, grommelle Grobec.
- Moi non plus, dit Mira. C'est trop mou.
- J'ai peut-être une idée, dit Flocon...

- ... Suivez-moi. On va peindre dans la véranda.

- C'est pas juste, dit Mira, Grobec garde les plus belles couleurs pour lui tout seul.
- Grobec ! prête-moi le jaune, ordonne Flocon.
- Et à moi le rouge, dit Mira.

- Non ! hurle Grobec. Je n'ai pas fini.
- Attention ! crient Mira et Flocon.
Trop tard... Grobec glisse et renverse de la peinture partout.

– J'ai la solution pour réparer vos bêtises, dit papa ours.
Mais après le plancher, c'est vous qui allez prendre une bonne douche !

Flocon prend un bain

- Que tu es sale, Flocon, dit maman ours.
Un bon bain te ferait du bien.
- Oh non, maman, pas maintenant ! dit Flocon.
- Mais si, vas-y, dit Mira, on vient avec toi.

Mira a pris le pistolet à eau.
- Pan ! pan ! crie-t-elle à Flocon qui disparaît sous l'eau.
- Flocon ! crie Grobec.
Mais Flocon ne répond plus.

Splash ! Soudain Flocon sort de l'eau et éclabousse Mira et Grobec.
- Attention... j'ouvre le robinet, dit Mira. Et elle asperge Flocon...

- Qu'est-ce que c'est que ça !
gronde papa ours.
Je veux que toute cette eau ait
disparu avant mon retour.
Allez, au travail !

Quelques minutes plus tard...
- Mais... qu'est-ce que vous faites ?
demande papa ours.
- Ben... on ramasse l'eau, répond
Flocon. Papa ours éclate de rire.

– Tenez, les enfants, dit-il. Avec une serpillière,
ce sera beaucoup mieux !
Flocon, Mira et Grobec sont contents : papa ours n'a plus l'air fâché du tout.

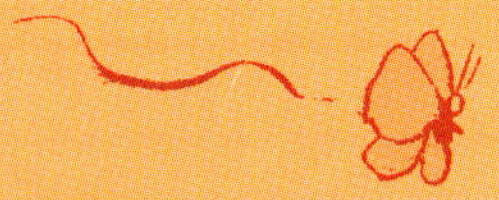